히포 이야기

히포 이야기

초판 1쇄 발행　2018년 12월 20일

지은이　강명수
펴낸곳　도서출판 사과나무
펴낸이　권정자
등록번호　1996년 9월 30일(제11-123)
주소　경기도 고양시 덕양구 충장로 123번길 26, 301-1208
전화　(031) 978-3436
팩스　(031) 978-2835
이메일　bookpd@hanmail.net
블로그　http://blog.naver.com/giruhan
트위터　@saganamubook

ISBN　978-89-6726-034-7 03810

* 값은 뒤표지에 있습니다.
* 이 도서는 2018 경기 히든작가 공모전 당선작입니다.

이 도서의 국립중앙도서관 출판시도서목록(CIP)은 서지정보유통지원시스템 홈페이지(http://seoji.nl.go.kr)와 국가자료공동목록시스템(http://www.nl.go.kr/kolisnet)에서 이용하실 수 있습니다.(CIP제어번호: CIP2018035286)

히포 이야기

강명수 소설

사과나무

아이가 오기 전까지

내 말에 대답해 주는 것은

아무것도 없었다.

1

내 몸이 부서지고 있다.
내 가슴의 흠은 커져갔고 떨어져 나간 부리를 따라 금이 새겨지고 있었다.
무슨 일이 벌어지고 있는 것일까?
난 여전히 단 한 발짝도 움직이지 못하고 날개도 펴지 못한 채였다.
'바다'가 보고 싶었다.

☆

내 기억의 시작은 어느 무더운 여름, 사람이 별로 없는 공원의 한적한 곳에 찾아온 아이를 보면서였다. 그날 아이는 유치원에서 배운 영어를 복습하고 있었다.

"와! 여기에는 독수리 조각상이 있구나. 독수리가 뭐였지? 토끼는 래빗, 사자는 라이언, 독수리는… 독수리는…."

아이는 오늘 배웠음에도 불구하고 독수리를 영어로 뭐라 불러야 하는지 잊어버렸다. 그렇게 한참을 멍하니 서서 혀끝에 맴도는 말을 더듬더듬거리던 아이는 끝내 잘못된 말을 내뱉고 말았다.

"독수리는 히포야. 역시 나는 똑똑해!"

아이는 자신이 기억을 해낸 것을 자랑스러워했다. 그는 가방에서 펜을 꺼내 내 몸통에 '히포'라는 글씨를 적어 넣었다. 나는 그것이 싫었다.

"나는 그 이름이 마음에 들지 않아."

아이는 깜짝 놀라 주위를 두리번거렸다. 그는 근처를 맴돌며 누가 자신에게 말을 건넸는지 찾아다녔다. 나는 아이를 관찰하다 다시 한 번 말을 건넸다.

"나는 여기 있어. 네 바로 앞, 네가 낙서한 조각상 말이야."

아이는 믿기지 않는 듯 내 앞에 서서 물어보았다.

"정말 네가 말을 하는 거니?"

"나 말고 이곳에 누가 있다는 말이야?"

나는 퉁명스럽게 말했다. 아이는 비명을 지를 듯이 입을 크게 벌렸다가 자신의 손으로 입을 틀어막았다. 그러더니 내 주위를 방방 뛰며 돌아다니면서 나를 만지기도 했다가 뒤로 물러나서 관찰을 하는 것을 반복했다.

"믿을 수 없어! 세상에 말하는 조각상이라니. 너는 다른 사람과도 대화를 할 수 있는 거니?"

"글쎄, 내게 말을 걸어준 건 네가 처음이야."

나는 아이가 궁금해 하는 것에 대답할 말이 거의 없었다. 내가 기억하는 것은 아무것도 없기 때문이었다. 아이는 잠시 실망한 듯했지만 금세 호기심 넘치는 표정으로 내게 말을 건넸다.

"그렇다면 다른 사람들이 얘기한 것은 기억하지 못한다는 말이지?"

"그래. 나는 네가 내 앞에 와서 말한 것부터 기억하고 있으니까."

아이는 자신이 특별하다는 대답을 듣고 싶어 했다. 그리고 내 대답은 아이에게 만족스러웠던 것 같다.

나는 잘 이해가 되지 않았지만 내게 처음으로 말을 건네준 아이에게 장단을 맞춰 주었다.

잠시 후 시간이 얼마 지나지 않은 것 같았는데 더위가 한풀 꺾이고 순식간에 저녁이 찾아왔다.
아이는 아쉬워하며 '집'이란 곳에 돌아가야 한다고 말했다. 그는 내일 다시 오겠다는 약속과 함께 떠났다.

나는 이 세상에 처음 온 아이처럼 궁금한 것이 많았다. 눈앞에 보이는 나무나 꽃, 벌레 하나하나가 내게는 처음 보는 풍경이었기 때문이다.
나무나 꽃들은 내게 말을 건네주지 않았다. 그들은 그저 바람에 몸을 맡긴 채 쉬고 있을 뿐, 내가 어떻게 불러도 대답을 돌려주지 않았다.

나는 내 앞을 지나가는 사람들에게 말을 건네 보았다. 하지만 나를 불렀던 아이와 다르게 다들 그저 쌩 하고 지나칠 뿐이었다. 아이가 오기 전까지 내 말에 대답해 주는 것은 아무것도 없었다. 그저 멍하니 공원의 풍경을 바라보며 시간을 보낼 수밖에 없었다.

다행히 아이는 하루가 멀다 하고 나를 찾아왔다. 내가 궁금한 것이 많은 만큼 아이도 하고 싶은 말이 많은 모양이었다. 내가 궁금해 하는 것은 책을 뒤져서라도 알아왔고, 그 대신 나는 아이가 하는 말을 들어줘야 했다.

대부분은 사소한 말이었다. 아침에 있었던 일, 점심에 있었던 일, 저녁에 있었던 일.

유치원에서의 하루가 아침과 점심의 이야기를 책임졌고 저녁의 이야기는 그의 부모에 관한 일들로 채워졌다.

유치원에서의 일상을 얘기할 때 그는 언제나 활기차고 밝은 모습이었다.

“오늘은 종이 접는 것을 배웠어. 이렇게 가로 세로 네모를 접어주고 가로선을 따라서 이렇게 삼각형을 만들고… 다리를 접어주면 짠! 개구리야, 신기하지?”

그러나 나와 헤어진 후의 자신의 저녁 일상을 얘기할 때 그는 고개를 숙이거나 어깨가 축 처져 있는 경우가 많았다. 그의 부모는 항상 늦게 들어왔고 언제나 무언가에 쫓기듯 바쁜 사람들이었다.

"오늘 유치원에서 '엄마 아빠와 함께 하는 종이접기' 시간이 있었는데 아무도 안 오셨어. 예쁜 개구리를 접어서 엄마에게 선물로 주고 싶었는데."

그 말을 하는 아이는 실망에 가득 찬 표정이었다. 나와 헤어지고 집에 돌아가면 아이는 늘 혼자였다. 부모의 얼굴을 볼 수 있는 시간은 매우 적었다. 아이는 혼자 있는 시간을 싫어해서 이곳에 오래 머물렀다. 아이에게는 슬픈 일이지만 내게는 좋은 일이었다.

그러던 어느 날, 나는 평소와 같이 아이를 불렀다. 마침 무언가 생각이라도 난 듯 아이는 손뼉을 치더니 내게 말을 건넸다.

"나는 '아이'나 '너'가 아니야. 내게는 멋진 이름이 있다고. 내 이름은 바다야."

"바다? 하지만 다른 인간들은 너 같은 아이를 '아이'나 '너'라고 부르던걸."

아이는 사람들에게는 고유의 이름이 있다고 했다. 서로를 그렇게 '아이'나 '너'로 부른다면 누가 누구를 부르는지 모를 것이라고 덧붙였다.
그 말을 듣자 나도 나만의 이름을 가지고 싶었다.

"그렇다면 나도 '조각상'이라고 불리고 싶지 않아."

우리는 며칠 동안 내게 어울리는 이름을 찾으며 고민했다. 독수리 조각상인 내게 아이는 독수리와 비슷한 종들의 이름들이나 영어 이름인 '이글' 같은 것을 추천했으나 나는 모두 거절했다.

"생각해 보니 나를 처음 봤을 때 너는 내게 '히포'라고 불렀잖아?"

"음… 그때는 처음 배운 단어라 잠시 헷갈렸을 뿐이야. 그건 하마란 동물의 영어 이름이야."

아이는 빨개진 얼굴을 숙이며 중얼거렸다.

"그래? 그럼 난 내 이름을 '히포'라고 하겠어."

"어째서? 그건 하마의 영어 이름이란 말이야."

"그러니까. 그 누구도 헷갈리지 말아야 하는 것이 이름이니까. '히포'라고 부르면 이 세상 어떤 독수리와 같이 있어도 나와 헷갈리지 않을 거야."

그렇게 우리의 이름 짓기는 끝이 났다.
그 후로 나는 바다와의 대화 중간 중간마다 나의 생김새에 대해 물어보았다. 날카로운 부리와 그림같이 멋있는 날개, 그리고 뾰족한 발톱까지.

나는 제법 멋있게 생긴 청동 조각상이었다. 하지만 나는 내가 가지고 있는 어떠한 것도 자유자재로 움직일 수 없었다. 몇 번을 노력해도 변하는 것은 없었다. 실망스러운 일이었다.

움직일 수 없다는 것을 알게 된 뒤에도 그것을 인정하는 것은 쉬운 일이 아니었다.
움직이기를 포기하는 대신 나는 아이와 만나지 않는 시간에는 공원의 풍경을 하나하나 눈에 새겨 놓았다.

그렇게 몇 번의 봄과 여름, 가을과 겨울을 보냈을 무렵 나는 이 공원의 모든 것에 익숙해져 갔다. 몇 해의 시간 동안 내가 본 공원의 풍경은 다음과 같았다.

수많은 사람들이 공원의 호수 근처에 누워 휴식을 취하고 있다. 그 근처에서는 사람들에게 재롱을 부리는 비둘기들과 고양이들만이 살고 있었고 다른 동물들은 이곳에 오더라도 오래 버티지 못하고 사람들을 피해 떠나갔다.

이 공원을 관찰하면서 알게 된 놀라운 사실은 비둘기들과 고양이들은 나와 대화가 통한다는 것이었다. 그들은 매우 귀찮아했지만 몇 번 재촉하면 내가 물어보는 것에 대답은 해주었다.

비둘기들은 나처럼 날개를 가지고 있었다. 나는 그들에게서 하늘을 나는 것이 어떠한 느낌인지 들을 수 있었다. 혹시나 하는 마음에 그들에게 나는 법에 대해 배워 보려 했지만 그들 중 누구도 내게 나는 모습을 보여주지는 않았다. 대신 그들은 내게 날개를 움직이는 법에 대해 알려주었고 부끄럽지만 나는 제법 많은 시간을 투자했다. 하지만 부질없는 일이었다. 어떤 방식으로도 나는 움직일 수 없었다.

비둘기들이 떠난 뒤에 근처를 지나던 고양이들과도 대화를 나눠 보았다. 이들은 나와 비슷한 날카로운 발톱을 가지고 있었다. 그러나 이들 또한 발톱을 세우는 것을 보여주지 않았다. 나는 이들에게도 여러 가지를 배워 보려고 했지만 이 또한 쓸모없는 일이었다.

나는 것과 발톱을 세우는 것을 포기한 뒤 얼마간의 시간이 흘렀을 때 동물들이 왜 날개를 펴지 않고 발톱을 세우지 않는지 알게 되었다.

그들은 겁쟁이들이었다.

비둘기들은 공원 바깥으로 나가고 싶어 하지 않았기 때문에 날개를 펴지 않았다. 고양이들도 같은 이유로 발톱을 숨기고 있었다.
이들에게 있어서 공원 밖은 차디찬 겨울이었다. 그들은 스스로의 날개나 발톱을 포기할지언정 저 바깥에서 살아가고 싶어 하지 않았다.

그들을 나는 이해할 수 없었다.

2

몇 해쯤 지나 '바다'가 중학교라는 데에 갔을 때에는 상황은 더 심각해졌다.
비둘기들은 그들의 의지대로 날지 못하고 뒤뚱거렸다. 고양이들은 아주 일부만이 발톱을 세울 수 있었다. 그럼에도 그들은 공원에서의 삶을 행복해 했다.
이제 그들은 스스로의 날개나 발톱을 의미 없는 것으로 여기고 있었다.

그들에게 날개나 발톱은 가치가 없고 불편한 것이 되어버렸다.

바다는 나에게 이런 이야기를 해준 적이 있다.

"히포, 왜 사람들은 손톱을 깎는 걸까?"

"손톱? 그게 어떤 거야?"

"손톱이란 것은 말이지, 동물에게 달려 있는 발톱과 같은 것을 말하는 거야. 쓸데없이 길게 자라서 한 번씩 깎아줘야 해. 딱 이만큼만 자라면 참 좋을 텐데."

바다는 불만이 가득한 얼굴로 나에게 투덜거리고 있었다. 그는 나에게 보여주기 위해 두 손을 번쩍 들어 할퀴는 시늉을 하며 말했다.

"사람들도 옛날에는 이런 식으로 손톱을 사용하지 않았을까? 누구에게나 이 손톱이 필요한 시절이 있었을 거야. 그렇지 않다면 이게 왜 있겠어?
히포, 난 귀찮아서 이 손톱을 깎지 않은 것이 아니야.
과거의 사람들은 이것을 길러서 어떻게 썼을지 궁금했을 뿐이라고.
그런데 엄마가 평소에는 내게 관심이 하나도 없는 것 같더니 오늘은 귀신같이 알아채고 뭐라고 하시지 뭐야."

아이는 짧게 자른 자신의 손톱을 보여주며 투덜거렸다.

"그거 참 안된 일이다. 그런데 지금은 왜 손톱을 사용하지 않는 거야?"

"글쎄? 손톱보다 더 나은 도구들이 생겼기 때문이 아닐까? 이제 와서 이걸로 무엇을 할 수 있겠어?"

바다는 그렇게 말하며 웃었다.
나는 그의 말에 동의하며 같이 웃었지만 속에서는 내가 지금껏 느끼지 못했던 어떤 감정이 올라오고 있었다.
뜨겁고 부글거리며 올라오는 그것은 불쾌하고 어딘가 답답한 느낌을 주었다. 그 감정들 속에서 나는 이유 모를 부끄러움과 당혹감을 느꼈다.

'그렇게 용도조차 알 수 없게 된 손톱은 여전히 사람들에게 남아 있다. 의미를 상실한 채 깎여 나가면서도 손톱은 그렇게 인간들에게 남아 있다. 그런데 왜 나에게는 그런 것도 없지?'

내게는 꼭 필요한 것인데 남에게는 쓸모없는 경우가 있다. 인간들의 손톱이 내게는 그러했다.

이 공원의 동물들의 경우에도 마찬가지였다. 비둘기들은 날개의 의미를 잊어버렸고 발에 달린 발톱으로 무엇을 할 수 있는지조차 모르는 고양이들도 생겨나고 있었다.

비둘기는 날개가 있는데도 날지 않는다. 고양이는 발톱이 있는데도 쓰지 않는다. 비둘기의 날개는 이제 와서는 아이들의 신기한 구경거리로 전락했고 고양이들의 발톱은 그저 그들의 푹신한 발 속에 숨겨져 있을 뿐이다.
그렇게 함으로써 그들은 편안한 잠자리와 풍족한 먹을거리를 얻게 되었다.
그렇다면 왜 아직도 그들에게는 날개와 발톱 같은 것이 남아 있다는 말인가?

'이것은 옳은 일이 아니야.' 나는 그렇게 생각했다.

어느 날 나는 아이에게 이 이야기를 충동적으로 하고 말았다. 그가 하던 말과는 전혀 상관없는 주제였고 뜬금없는 얘기였지만 다행히 아이는 내 얘기를 주의 깊게 들어주었다.

"나에게도 날개가 있었으면 좋겠어. 나에게도 발톱이란 것이 있었으면 좋겠다고.

매일같이 날개를 퍼덕여 보고 발을 움직여 봐도 그저 의미 없는 몸부림에 지나지 않아.

저 공원의 비둘기나 고양이들을 봐. 날지도 못하는데 여전히 날개를 퍼덕이고, 세우지도 못하는 발톱을 가지고 있지.

저들에게는 쓸모도 없는 것인데 나는 가질 수가 없어."

"히포, 넌 충분히 멋있어. 저 날지도 못하는 비둘기들이나 귀엽기만 한 고양이들과는 다르게 말이야. 쟤들은 그냥 저렇게 뒹굴뒹굴거리면서 살 뿐이라고.
너처럼 모르는 것을 궁금해 하지도, 다른 이의 얘기를 들어주지도 못하지.
그래도 네가 그것이 불만이라면 널 도울 방법을 알아올게."

그날의 대화는 그렇게 끝이 났다. 우리는 약속을 했다. 언제고 내가 움직일 수 있는 방법을 찾아오겠다고.

그러나 중학생이 된 바다는 그날의 약속을 잊을 만큼 바빠졌다.
그의 부모는 여전히 늦게 들어왔지만 오히려 바다와 내가 보내는 시간은 줄어들었다. 바다는 공원에 오면서 보게 된 동물들이나 나무들에는 관심이 없어졌고 그 대신 학교에서 만나게 된 친구들에 대해 자주 이야기했다.

바다는 아이들과 같이 하는 게임이라는 것에 관심이 많았다. 그리고 그것을 하는 날에는 이곳에 오지 않았다. 그는 내게 미안해 했지만 게임을 하는 시간이 줄어드는 일은 없었다. 그는 친구들과 게임을 하는 시간을 너무나 행복해 했다.

친구의 행복한 모습을 방해할 권리는 내게 없었다.

나는 그가 없는 시간들에 익숙해지려고 노력했다. 하지만 공원의 비둘기나 고양이들은 아이들 근처에서만 배회할 뿐 이곳에는 잘 오지 않았으므로 대화할 상대를 구하는 것은 쉬운 일이 아니었다. 혼자 생각하는 시간은 정말 지루했다.

바다가 중학교 3학년이 되었을 무렵, 그는 몰래 게임을 하다가 부모에게 들켰다고 했다. 인간들은 좋은 고등학교와 대학교라는 것을 굉장히 중요하게 여겼으므로 좋은 고등학교에 가기 위한 공부를 해야만 한다고 했다.
그의 말에 따르면 앞으로 이곳에 온다 해도 밤 10시는 되어야 간신히 들를 수 있을 것이라고 했다. 그 말을 하는 바다의 얼굴은 창백했고 그늘이 져 있었다. 전혀 행복해 보이지 않는 표정으로 그는 내게 작별인사를 건넸다.

그렇게 그를 만날 시간은 더 줄어들었다. 혼자인 시간은 심심했지만 바다가 고등학교에 가면 지금보다 더 바빠진다고 했으므로 빨리 익숙해져야 할 것이다.

그렇게 무료한 날들이 지나고 화창한 봄날 나는 이 공원에서는 볼 수 없었던 새로운 유형의 비둘기를 만나게 되었다.

"안녕하십니까? 저는 이 세상 모든 곳을 보고 싶은 '여행자'라고 합니다."

비둘기는 신기하게도 스스로 만든 이름을 썼고 특이한 머리 깃을 가지고 있었다. 빨간색을 띠고 있는 그것은 세 가닥으로 이루어져 있었는데 그가 머리를 움직일 때마다 제멋대로 움직였다.

파란색 날개를 퍼덕일 때마다 흔들거리는 머리 깃은 제법 근사해 보였다. 그는 내가 자신의 말을 알아듣는 것을 신기해 했지만 금세 적응했다. 그는 자신이 직접 지은 이름에는 타당한 이유가 있다고 주장했다.

자신은 다른 비둘기들과는 달리 한 곳에서 머무르는 것이 아니라 여러 곳을 돌아다니는 삶을 살고 있으므로 '비둘기'라는 이름은 그에게 어울리지 않는다고 했다.

"저것 좀 보시오. 저 비둘기들은 어린애들이 날개를 잡으려는데도 퍼덕거리며 도망치는 게 전부지 않소? 저 치들은 나는 법을 잊어버렸지.
내가 저자들이랑 같은 종이라는 게 너무나 부끄럽소."

인간이 주는 먹이를 너무 많이 먹어버린 나머지, 이제는 몸이 무거워질 대로 무거워져 제대로 날지도 못하고 뒤뚱거리는 비둘기들을 보며 그는 비웃었다. 그는 이 공원의 비둘기와는 달리 자신이 날아다닐 수 있다는 것에 대해 엄청난 자부심을 가지고 있었다.

"저들은 스스로 선택을 한 겁니다. 저 아이들의 장난을 조금만 견뎌내면 먹을 것을 얻을 수 있죠."

나의 말에 여행자는 날개를 푸드득 털며 단호하게 부정했다.

"그것은 비겁한 변명이오. 저것은 선택이 아닌 굴종이오. 나는 저렇게 장난감이 되어 먹을거리나 구걸할 바에야 차라리 죽어버리겠소. 한 끼를 먹는 한이 있더라도 저들이 주는 먹이는 먹지 않을 거요."

그는 굉장히 재밌는 사내였으므로 금세 친해질 수 있었다. 서로가 살아온 세월에 대해서는 잘 모르지만 우리는 며칠도 되지 않아 편하게 말을 나누게 되었고 나는 바다가 얘기해 주지 못한 것들에 대해 그에게서 들을 수 있었다.

3

이 젊은 여행자는 꽤나 많은 곳을 여행했다.
그의 최종 목표는 바다라는 곳이었는데 내가 아는 '바다'가 아니라 공원 너머로 보이는 강을 지나 엄청나게 높은 산을 넘어야만 보이는 어떠한 장소라고 했다.
그곳은 공원 호수의 몇 백 배나 되는 물로 가득 차 있는 곳이며 다른 새들의 말에 따르면 '굉장히 아름다운 곳'이라고 했다.

하지만 그는 산을 넘어가는 데에 번번이 실패했기 때문에 산을 넘기보다는 돌아가는 방향으로 여행을 하고 있었다.

여느 때와 같은 오후, 나무 그늘 밑에서 공원을 바라보는 내 옆으로 툭 하는 소리와 함께 기묘한 무늬의 돌멩이가 떨어졌다.

"히포, 아직도 자는 거야?"

젊은 비둘기 '여행자'가 유쾌하게 웃으며 날개를 접고 내게 다가왔다. 여행을 마치고 돌아오면 그는 먼지투성이 날개를 깔끔하게 정리하곤 했는데, 말끔히 정리된 날개는 그에게 자부심이나 다름없었다.

"이번에는 저 산 근처 동쪽의 물웅덩이까지 갔다 왔어. 봐봐. 공원 옆 강에서 보이는 흔한 돌들과는 문양 자체가 다르다고."

내 몸 주위에는 이런 식으로 그가 가져온 잡동사니들이 널려 있었다. 나는 움직일 수도 없었고 그 잡동사니들이 딱히 마음에 안 드는 것도 아니어서 그것들을 거부하지는 않았다. 그는 언제나 여행을 다녀온 뒤에는 내게 자신의 여행담을 들려주었으므로 나는 그가 오는 시간을 손꼽아 기다렸다. 그가 자신의 여행담을 얘기해 주면 나는 세세한 부분 하나 하나까지 기억하려고 노력했다. 그리고 그러한 노력들을 통해 그가 여행 중 보았던 풍경들을 내 머릿속에 떠올릴 수 있었다.

‘저 호수를 길게 펴면 강이 되는 것일까? 산이라는 것은 어떠한 모습일까?’

그렇게 상상하는 일은 ‘바다’를 만나는 것만큼이나 재미있는 일이었다.
바다는 동물들과 대화를 할 수 없었지만 나는 ‘여행자’를 통해 다른 동물들의 이야기들을 전해들을 수 있었고, 전보다 더 많은 것을 알 수 있게 되었다.
나는 움직이지는 못하지만 비둘기나 바다를 통해 넓은 세상을 엿볼 수 있게 된 셈이었다.

그러나 그 만남을 마지막으로 여행자는 여름에서 가을로 계절이 바뀔 때까지 나를 찾아오지 않았다.

그가 걱정되었지만 아무것도 할 수 없다는 사실이 괴로웠다. 그저 무사히 돌아오기만을 바랄 뿐 나는 날개를 펴지도, 두 다리로 걷지도 못했다.
잊으려고 했던 감정들이 그를 만나고부터 다시 살아나고 있었다.

'공원의 비둘기들은 저렇게 잘도 걸어 다니는데 저들에게는 쓸모없는 날개를 내게 준다면 얼마나 좋을까.'

그러나 나의 바람은 이루어지지 않았다.
나는 여행자가 무사히 돌아오기를 바라며 하염없이 공원을 내려다보고 있을 뿐이었다.

그렇게 시간이 지나고 낙엽이 떨어지기 시작했을 무렵이었다.
여느 때와 같이 공원을 관찰하고 있던 내 앞에 기진맥진한 표정의 여행자가 내려앉았다.

"후, 이번 여행은 너무 힘들었어. 히포, 잘 지냈나?"

몸통의 털은 축 처져 있었고 스스로의 날개를 다듬지도 못해서 날개를 퍼덕거릴 때마다 흙먼지가 날렸지만 그의 눈만큼은 뿌듯함으로 가득 차 있었다.

"너무나 연락이 없어서 네가 죽은 줄로만 알았어. 도대체 무슨 일이 있었던 거야?"

"바다에는 가지 못했지만 정말로 재미있는 것들을 보았어.
괭장한 경험이었지."

여행자는 이번 여행에서 본 것들에 대해 이야기를 시작했다.

지난번 여행에서 산의 동쪽으로 날아가다가 높은 돌산을 만나 더 나아가는 것을 포기하고 결국 돌아오고 만 것을 그는 기억하고 있었다. 그래서 이번에는 서쪽으로 날아가야겠다고 생각했다. 어떠한 것을 볼 수 있을지에 대한 기대를 가지고 공원 위로 날아갔다.

하지만 공원 너머의 강을 지날 때 문득 이 강의 끝을 본 적이 없다는 것을 깨달았다. 서쪽을 향해 날아가던 그는 이번 여행에서는 강의 끝자락을 보고 오는 것으로 목표를 바꾸었다.

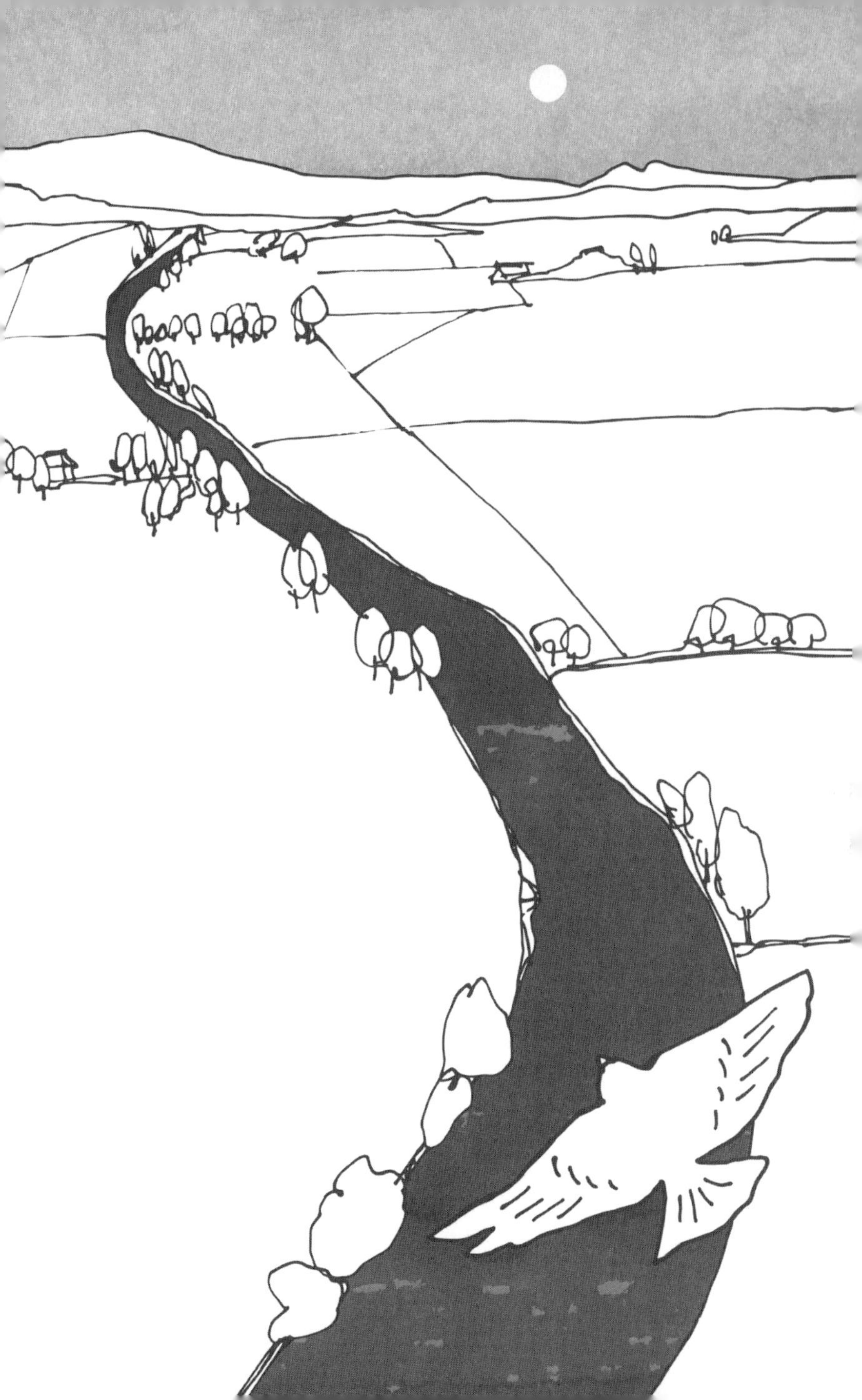

한나절을 날고 나서야 그는 강이 합쳐지는 지점에 다다를 수 있었다. 그곳은 수많은 곡식들로 가득 찬 곳이었으므로 그 속에 숨어 휴식을 취할 수 있었다.

'이번 여행은 운이 좋아.'

그는 생각했다. 배가 충분히 꺼질 때까지 쉬던 그는 다음날 오후가 되어서야 다시 여행을 시작했다.

강줄기를 따라 날던 그의 눈 아래로 커다란 물웅덩이가 펼쳐졌다. 한 번도 본 적이 없는 큰 강이었다.

'이곳이 바다라는 곳인가?'

하지만 공원의 호수보다 몇 십 배 정도만 클 뿐 웅덩이의 끝이 보였으므로 이것은 바다가 아니라고 생각했다. 그러나 근처에는 아무도 없었으므로 이것의 이름을 무엇이라 불러야 하는지 의문이었다.

"그것이 바다였다면 나는 정말로 실망했을 거야, 히포."

고개를 휘휘 저으며 끔찍하다는 듯 그가 말했다.

"진짜 바다가 아니었나 보네."

"당연하지."

그는 내가 흥미를 보이며 물어보자 만족하며 얘기를 이어 나갔다.

4

그는 충분히 빠르게 날 수 있었기 때문에 그 물웅덩이를 쉽게 넘어갈 수 있었다.
그는 자신과 대화할 동물들을 찾아 여기저기 날아 다녔다.
그때 물웅덩이의 끝에서 엄청난 광경을 보게 되었다.

그곳에는 지금까지 보았던 어떠한 도시에서도 볼 수 없는 커다란 돌들이 쌓여 있었다.

그 돌들은 하나 하나 빛이 나고 있었고 하늘조차도 그 빛을 벗어날 수 없었다. 유일하게 뚫린 입구에는 인간들이 줄지어 서 있었다.

입구를 지나자 커다란 공원이 보였고 곳곳에 수많은 우리들이 칸칸이 있었다. 그곳에는 처음 보는 종류의 동물들이 갇혀 있었다.

한참을 상공에서 둘러보던 그는 그곳 중앙에 설치된 큰 공원에서 비둘기를 만날 수 있었다. 그 비둘기는 공원에서 보던 녀석들과는 다르게 까만 몸에 윤기 나는 날개를 가지고 있었다. 이곳에서의 삶이 편한 듯 공원의 비둘기와 비슷하게 살이 쪄 있었다. 비둘기는 풍성하게 자란 턱수염을 만지며 그에게 말했다.

"처음 보는 비둘기인데 어디서 왔소? 나는 이 중앙공원에서 가장 나이 많은 까만 비둘기요."

"아 저는 저 강을 따라 날아 왔습니다. 이곳은 무엇을 하는 곳이기에 이렇게 많은 사람들이 모여 있습니까? 그리고 저 물웅덩이가 바다입니까?"

비둘기는 그의 말을 듣더니 아무것도 모르는 어린애 취급하며 날개를 쭉 빼고는 거들먹거리며 말했다.

"얼마나 멀리서 온 거야? 이 호수가 무엇인지도, 여기가 어딘지도 모른다는 말이야?"

'여행자'는 기분이 조금 언짢았지만 이곳이 처음인 것은 사실이므로 까만 비둘기의 장단에 어울려 주기로 했다.

"저 물웅덩이를 호수라 부르는군요. 저는 저것이 바다인 줄 알았지 뭡니까. 저는 원체 구석에만 살아서 이런 곳은 처음입니다."

그러자 까만 비둘기는 그의 겸손한 태도가 마음에 든 듯 선심 쓰듯이 그곳에 대해 설명해 주기 시작했다.

"바다는 이 호수라는 것보다 훨씬 크지. 나도 아주 젊었을 적에나 한 번 가봤었는데 이 호수랑은 비교도 되지 않아. 뭐 나도 처음 왔을 때야 저 호수가 신기했지만 지금은 익숙해. 사실 이곳에서 가장 신기한 것은 저것이 아니야."

"저 호수보다 신기한 것이 있다는 말씀입니까?"

까만 비둘기는 그에게 호수는 하루도 못 가 익숙해지는 풍경에 불과하다고 설명했다.

"아까 이곳을 한 번 둘러보았다고 했지? 여기는 동물원이라는 곳인데 이 세상에 있는 동물들 중에서 희귀하고 신기한 것들은 다 여기에 갖다 놓았다더군.
놀랍지 않나? 인간들은 얼음이 녹지 않는 곳에 사는 동물에서부터 바싹 말라버린 대지에서나 산다는 동물까지 이곳에서 기른다고 해."

"아니 어떻게 그런 동물들이 이곳에서 살 수 있단 말입니까?"

"나도 자세히는 모르지만 인간들은 자연을 자신들 맘대로 조종할 수 있다고 하지. 추운 것이 필요하면 춥게, 더운 것이 필요하면 덥게 언제든 맘대로 바꿀 수 있다고 하던데. 어때 놀랍지 않나?"

그는 과연 인간들은 대단하다고 맞장구치며 까만 비둘기에게 이곳에 사는 동물들을 만날 수 있는지 물어보았다.

"혹시 이곳의 동물들과 이야기를 나눠볼 수 있을까요?"

그러자 까만 비둘기는 오랜만에 마음에 드는 비둘기를 만났기 때문에 허락하는 것이라며 자신과 친분이 있는 동물들을 소개시켜 주겠다고 했다.

"아무에게나 말을 걸면 안 돼. 이곳에 온 동물들 중에는 성격이 나쁜 녀석들도 제법 있거든. 그 놈들은 아무렇지 않게 공격하고서는 모른 척한단 말이야. 물론 내가 아는 녀석들은 그렇지 않지만."

그는 까만 비둘기의 도움으로 얼음이 녹지 않는다는 북쪽 끝에서 왔다는 북극곰을 만날 수 있었다.

북극곰은 우리 한구석에서 웅크리고 자고 있었는데 아이들이 우리를 흔들며 소리쳐도 꿈쩍도 하지 않았다. 여전히 반응이 없자 아이들은 실망해서 떠나고 말았다.

잠시 동안 북극곰의 동태를 살피던 비둘기가 목청을 가다듬더니 북극곰을 불렀다.

"흠흠, 북극곰 친구 날세. 중앙공원에 사는 까만 비둘기."

그러나 어떠한 대답도 들려오지 않았다. 그가 까만 비둘기를 돌아보며 북극곰이 자고 있는 것이 아니냐고 물었다. 까만 비둘기는 북극곰이 게으름이 많아서 움직이지 않는 것뿐이라고 했다.

그렇게 계속 기다리자 잠시 후 북극곰이 귀찮다는 표정으로 고개를 돌려 그들을 쳐다봤다. 여행자는 북극곰의 흰색 털이 자신의 날개 깃털보다도 두껍겠다는 생각을 했다. 그 정도로 엄청난 거구였다.

'과연 얼음이 녹지 않는 곳에 사는 동물은 다르군' 생각하고 있을 때 북극곰이 말했다.

"저 꼬마들은 지치지도 않아. 비둘기 양반, 여기는 무슨 일이오?"

까만 비둘기가 북극곰에게 그를 강 너머에서 온 여행자라고 소개했다. 그리고 궁금한 것이 있으면 직접 물어보라고 여행자의 등을 떠밀었다.

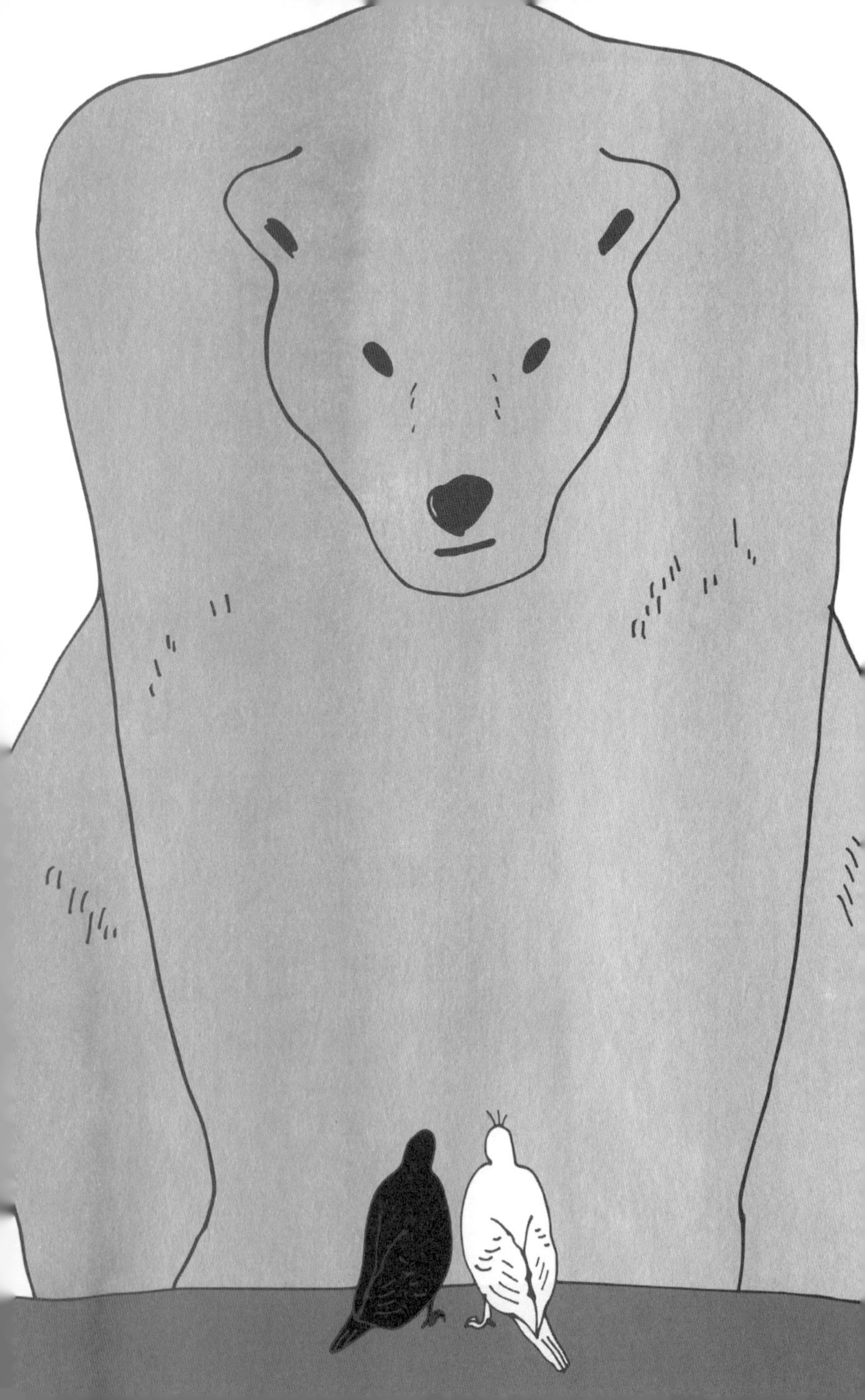

여행자는 북극곰이 빤히 쳐다보고 있어 조금 무서웠지만 천천히 우리 안으로 들어갔다. 그리고 북극곰을 올려다보며 말했다.

"저는 저 산 너머 바다로 가고 싶은 비둘기입니다. 어르신께서는 저 북쪽 바다에 사셨다고 들었는데 그곳은 어떤 곳입니까? 이 우리 안보다 나은 곳입니까?"

북극곰은 우리 안을 쭉 훑어보더니 물웅덩이 쪽으로 가서 물을 한 모금 마신 뒤 말을 시작했다.

"가끔 저 꼬마들이 귀찮기는 하지만 여기는 괜찮은 곳이야. 이곳이 막혀 있기 때문만은 아니라네. 내 자랑 같지만 나는 저 북쪽 바다에서 천적이 없는 존재였어. 북쪽 바다에서 사는 동물 중에서는 발톱이 가장 날카로웠기 때문에 그 누구도 싸우고 싶어 하지 않았지."

북극곰이 웃을 때 드러난 이빨이 햇빛에 반사되어 번쩍였다. 순간 여행자는 살짝 뒤로 물러섰다. 그는 킬킬거리며 웃더니 말을 이어나갔다.

"걱정 말게. 이곳에서 인간들이 주는 먹이가 야생에서 먹던 것보다 훨씬 나아. 북쪽 바다에서 나를 위협한 것은 다른 동물들이 아니라 얼음이 녹아버린 바다였어."

저 북쪽 바다는 얼음이 둥둥 떠다니는 곳이라고 했다. 그리고 그는 어쨌든 육지 동물이었기 때문에 한 번씩은 그 얼음 위에서 쉬어줘야 한다고 설명했다.

"근데 요즘은 그 바다에서 얼음들을 볼 수가 없어. 꼬박 사흘을 헤엄쳤는데도 얼음 한 조각도 보이지 않았지. 지금 들으면 꽤나 웃기는 얘기긴 하지만 나는 익사할 뻔했어."

북극곰은 그때 지칠 대로 지쳐 있었다고 했다. 먹을 것도 찾을 수가 없었고 근처에 얼음 조각 하나 없었으므로 끝내 물에 빠진 채로 죽어가고 있었다고 했다. 그때 인간들이 북극곰을 구해줬고 돌아갈 곳을 잃게 된 그는 이곳에 오게 되었다는 것이다. 북극곰은 삶의 질이 전보다 훨씬 더 나아졌다고 말했다.

“예전에는 먹을 것을 구할 수 있을까, 잠을 잘 얼음이 있을까 고민했는데 요즘은 살이 너무 쪄서 고민이야. 너무 살이 쪄서 사육사가 귀찮게 하거든.”

북극곰은 요즘 사육사가 운동을 시키는 것이 불만이라고 했다.
여행자는 그것 말고 또 무엇을 하냐고 물어보았다.

“내 발톱을 좀 더 예쁘게 다듬고 있지.”

북극곰은 오히려 이곳에 와서 발톱과 이빨을 더 관리한다고 했다.

"인간들은 야생의 북극곰을 기대하며 나를 보러 오는 거야. 나는 인간들이 먹을 것을 주니까 그들을 위해 좀 더 가꾸는 것뿐이고. 이곳에서 살아가는 방법을 배운 거지."

여행자는 그 대화를 끝으로 북극곰 우리를 떠났다. 이제 그는 무섭다고 생각했던 북극곰의 이빨이 더 이상 무섭게 느껴지지 않았다.
그의 무기는 더 이상 가치가 있지 않았다. 그저 구경거리일 뿐이었다.

그가 북극곰 우리 밖으로 나오자 까만 비둘기가 재밌었냐고 물어보았다. 그는 물론 재밌었다고 대답했지만 사실은 그렇지 않았다.
그는 다른 동물들은 다르기를 바랐다.

"이번에 가는 곳은 저 바다 너머 푸른 초원이 길게 펼쳐져 있다는 곳에서 왔다는 친구를 만나러 갈 것이네. 북극곰보다도 커. 자네도 직접 보면 깜짝 놀랄걸?"

까만 비둘기의 호들갑을 뒤로 하며 날아가던 그는 꽤나 넓은 우리 근처에 다다를 수 있었다.

쿵! 둔중한 소리와 함께 흙먼지가 피어올랐다. 까만 비둘기의 말은 과장이 아니었다. 코끼리는 엄청나게 큰 동물이었다. 여행자는 인간들이 도대체 이들을 어떻게 이 좁은 우리 안에 가둬 둘 수 있는지 의문이 들었다.
그는 처음에는 눈을 마주보며 대화를 시도했지만 그들의 귀는 너무 높은 곳에 있었다. 여행자는 어쩔 수 없이 날아 코끼리의 머리 위에 앉을 수밖에 없었다.

"젊은 비둘기인데 여행을 다닌다고?"

코끼리들 중에서 가장 나이 많은 코끼리가 말했다.
그의 눈은 세월의 흔적이 몸에 앉은 만큼 어둡고 깊었다.
여행자는 이 코끼리는 북극곰과는 다르기를 바랐다.

"네 그렇습니다. 저는 저 산 너머 바다를 보기 위해 여행을 다니는 중입니다. 비록 힘에 부쳐 돌아오긴 하지만 덕분에 꽤 많은 곳을 돌아다닐 수 있었습니다."

코끼리는 자신도 바다를 본 적이 없다고 했다. 그의 할머니는 바다 건너 대륙에서 왔지만 그는 동물원에서 태어났고 이곳에서 자랐다고 했다. 오히려 그는 여행자의 여행에 대해 궁금해 했다.

여행자는 코끼리가 자신의 삶보다 더 오랜 시간을 우리 안에서 보냈다는 것을 알게 된 후에 이런 생각이 들었다.

'이 코끼리와 히포가 다른 게 뭐지?'

결국 여행자는 자신이 궁금한 것은 물어보지도 못한 채 조각상 히포에게 얘기했던 것을 떠올리며 자신의 모험담을 풀어놓았다.

코끼리는 사소한 얘기 하나하나에도 재미있어 했고 신기해 했다. 코끼리는 우리 밖 세상에 대해 아는 것이 전혀 없었다. 그저 우리 안 가족들이 누구인지 사육사는 어떤 사람인지에 대해서만 알 뿐이었다.

그는 이 커다란 코끼리가 자신보다도 작다는 생각이 문득 들었다. 여행자는 순간의 충동을 이기지 못하고 물어보았다.

"이 우리에서 나가고 싶다고 생각한 적은 없으십니까?"

코끼리는 잠시 먼 곳을 바라보듯 눈을 돌리며 생각에 잠겼다. 한참을 고민하다 여행자에게 말했다.

"글쎄, 어렸을 적에는 잠깐 그런 생각을 해본 적이 있었지. 할머니는 바다 건너 대륙에 대해서 자주 얘기하셨거든. 하지만 그곳은 여기처럼 평화로운 곳은 아니었어. 먹을 것을 얻기 위해서는 목숨을 걸어야 했고 잠조차 제대로 잘 수 없었다고 들었어.

적들은 언제나 홀로 떨어진 자를 노렸기 때문에 할머니의 무리는 언제나 뭉쳐 다녔고 낙오된 이는 죽고 말았다고 해. 또한 내게 달린 이 상아를 노리고 다가오는 이들이 많았기 때문에 그들을 피해 다녔어야만 했다고 말해 주셨지.

그래서인지 할머니는 나에게 이 좁은 공간조차도 행복하다고 하셨어. 자신의 가족들은 더 이상 목숨의 위협을 느끼지 않게 되었으니 말이야.

그래서 나는 자유도 중요하지만 그보다 중요한 것들도 많다고 생각하게 되었고 그 뒤로는 나가고 싶다는 마음을 갖지 않게 됐어."

그렇게 여행자는 공원과 다르면서도 비슷한 동물원 여행을 끝마치고 공원으로 돌아왔다.

"히포 너는 어때? 이곳을 벗어나고 싶다고 생각한 적이 한 번도 없어?"

"글쎄? 내 날개가 쓸모없다는 것을 인정하기까지 꽤나 오랜 시간이 걸렸지. 하지만 나는 움직일 수가 없어, 친구."

"그렇다고 이 조그만 공원에서의 삶이 괜찮다고 생각하는 건 아니지?"

"물론이지. 나도 네가 말한 바다라는 것을 보고 싶어. 왜 저 공원의 비둘기들에게는 아무짝에도 쓸모 없는 날개가 나에게는 주어지지 않았을까?"

나는 속으로 분을 삭였다.

북극곰과 코끼리는 자신의 무기를 갈고 닦는다. 먹이를 잡기 위해서가 아니라 재롱을 부리기 위해서.

본래의 가치를 잃은 것은 의미를 잃는 것이다.

저들에게는 아무 의미 없는 것이 왜 나에게는 주어지지 않았을까?

저녁이 찾아오고 비둘기는 먹을 것을 찾아 떠났다. 나도 비둘기의 얘기를 듣느라 제법 지쳤으므로 나름대로 휴식을 취하기로 했다.

5

낮은 웃음소리가 나를 깨웠다. 가로등 불빛을 등지고 커다란 고양이가 걸어오고 있었다. 단정하게 보이려고 애썼지만 삐죽 튀어나온 털들은 가라앉지 않아 지저분해 보였고, 거칠게 뜯어진 귀와 눈 밑에 나 있는 흉터는 순탄치 못했던 삶을 보여주고 있었다.

"히포, 아직 밤이 오려면 멀었다고."

"비둘기의 얘기가 제법 길어서, 좀 쉬고 있었어."

고양이는 삐죽 튀어나온 털을 가라앉히려고 애쓰며 얘기했다.

"오랜만에 인간들 손을 피해 나와 있느라 나도 다 들었어. 동물원에 대한 얘기 꽤 재미있던데? 근데 나는 북극곰이나 코끼리의 마음도 이해가 가."

"어째서? 그들에게 주어진 것을 그들은 더 이상 본래의 용도대로 사용하지 않잖아."

"흥, 인간들의 세상에서 그것들은 더 이상 필요한 게 아니야. 히포, 이것은 일종의 진화인 셈이야. 어차피 동물들은 수많은 시간에 걸쳐 변해 왔어. 필요 없는 것은 버리고 필요한 것만 선택했기 때문에 지금까지 살아올 수 있었던 거라고."

"날개, 이빨, 발톱이 이제는 필요가 없다고?"

"그래. 인간들이 지배하는 세상에서 우리가 할 수 있는 게 뭐가 있겠어? 저 비둘기는 아직 진짜 세상을 보지 못한 것뿐이야."

고양이는 자신이야말로 진짜 세상을 겪었다고 했다. 그는 이곳에 오기 전에는 어느 골목을 지배하는 우두머리였다.

"인간들의 눈에 띄지 않는 곳에서는 언제나 전쟁이 벌어지지. 음식물 찌꺼기 하나를 노리고 몇 개의 무리가 경쟁하는지 너는 모를 거야, 그렇지 않아?"

그는 자신이 골목길에서 살던 시절에 대해 들려주었다.

그는 버려진 고양이였다. 부모에게 버려져 죽을 뻔했지만 간신히 살아남았고 다른 고양이들의 눈을 피해 먹을 것을 찾아다녔다. 부모는 그를 버렸지만 대신에 강력한 몸을 주었다.
덕분에 조금 성장한 뒤에는 자신보다 나이가 더 많은 고양이도 이길 수 있게 되었다. 하지만 인간들을 이기는 것은 불가능한 일이었다.

인간들은 고양이들이 쓰레기통을 뒤지는 것을 별로 좋아하지 않았다. 고양이들이 쓰레기를 뒤지면서 어지럽혀 놓은 현장을 보면 분노하곤 했다.
그들 중 일부는 이상한 약을 쓰레기 안에 숨겨놓기도 했다.
그런 경우 수많은 고양이들이 영문도 모른 채 죽어나갔다.
따라서 고양이들은 될 수 있으면 인간들의 관심 밖 쓰레기통을 확보해야 했다.

그는 자신의 무리를 모으기 시작했다.
조용히 숨 죽여 세력을 키워 나간 후 강력한 힘을 앞세워 인간들의 관심이 덜한 골목길을 점령했다. 수많은 가족들을 잃고 나서야 겨우 쓰레기통 하나를 차지할 수 있게 되었다.

그러나 그는 다시 불행해졌다. 깔끔한 거리를 만든답시고 인간들이 쓰레기통을 줄이기 시작했기 때문이다.
먹이를 사이에 둔 고양이들의 경쟁은 더욱 치열해졌다.
수많은 고양이들이 죽어 나갔다.
줄어든 쓰레기통의 몇 배나 되는 숫자의 고양이들이 그렇게 목숨을 잃었다.
그는 치열한 싸움 속에서 귀를 잃었지만 더 안전한 쓰레기통을 얻어낼 수 있었다.

하지만 여전히 적이 많았다. 여러 무리들의 공격이 이어졌고 몇 안 되는 가족들마저 잃게 되었다. 끝내 그는 패배하고 말았다.
이제는 쓰레기통이 중요한 것이 아니었다.
그는 필사적으로 도망쳤다.
그를 시기하던 경쟁자가 많았고 그만큼 상처는 늘어만 갔다. 심각한 상처들을 가지고 도망치던 와중에 빨간 지붕이 인상적인 주택가로 겨우 숨어들 수 있었다.

그곳에서 그는 한 애완고양이를 만나게 되었는데 자신과는 다르게 깔끔하게 단장한 털과 촉촉한 코, 그리고 깔끔한 얼굴을 하고 있었다.

그녀는 이 주택가 바깥으로 나가본 적이 없다고 했다. 그렇기에 낯선 침입자를 보고 처음에는 기겁했지만 그가 들려주는 이야기를 듣고는 받아들여 주었다.
그렇게 그는 주택 한구석에서 그녀의 주인을 피해 휴식을 취할 수 있게 되었다.

그녀는 그가 들려주는 이야기에 만족했는지 자신 몫의 사료를 흔쾌히 내놓았다.

"이 사료는 내 입맛에는 별로라서."

그녀가 그렇게 말한 사료조차도 그에게는 지금껏 먹어본 어떤 것보다도 맛있었다.

그렇게 며칠이 지나자 그는 집고양이의 도움으로 상처를 치유할 수 있었고 제법 깔끔한 모양새를 하게 되었다. 그는 주택가에서의 삶이 길거리에서의 삶보다 훨씬 안락하게 느껴졌다.

그녀는 그저 그 집에서 하고 싶은 대로 하면 되었다.

부러워하는 그를 그녀가 비웃었다.

"이건 생각 외로 어려운 일이야. 시도 때도 없이 애교를 부리면 나중에 효과가 약해지거든. 그렇다고 가만히만 있으면 또 인기가 없단다. 그 중간 어느 지점에서 밀당을 해야만 하는 거야.

또 인간의 기분도 생각해야 해. 기분이 좋지 않을 때는 살며시 다가가고 기분이 좋을 때는 조금 도도해져도 돼. 너는 절대로 할 수 없을걸?"

그는 그녀에게서 애완고양이로 사는 법에 대해 배우게 되었다. 그녀는 그더러 애완고양이로 살기에는 너무나 험상궂고 나이가 많다고 말했다.
그렇다고 애완고양이로서의 삶을 포기할 수는 없었다. 다시 그 골목길로 돌아가기엔 이미 애완고양이의 편안한 일상을 맛본 뒤였다.

어느 날 그는 그녀의 물통의 물을 마시려고 하다가 자신의 외모를 보게 되었다. 거칠게 뜯겨진 귀와 눈 밑에 난 흉터는 자신이 봐도 끔찍했다.
그녀의 말이 맞았다.
애완고양이로 살기에는 너무 많은 것을 잃어버렸다. 애초에 집고양이와는 출발점부터 달랐던 것이다.

'어떤 인간도 이런 나를 좋아하지 않을 거야.'

그는 자신이 애완고양이로 살기에는 부족하다는 것을 결국 인정했다.
그래서 그는 인간들의 환심을 얻는 법을 더 필사적으로 배웠다. 자신의 발톱을 다듬기보다는 털을 다듬었고 발톱을 세우기보다는 고개를 숙였다.

그렇게 그녀의 행동 하나하나를 따라 할 수 있게 된 뒤에야 그 빨간 지붕 집을 떠났다.

그는 자신이 애완고양이로 살기에는 부족하다는 점을 인정하고 있었기 때문에 새로 생긴 공원을 찾아갔다.
그는 적당한 애교와 행동으로 인간들에게 인기를 끌었고 그들을 이용해 다른 강한 동물들을 공원 밖으로 쫓아내 버렸다.
그 과정에서 그는 아무 것도 잃지 않았다.
인간들은 그가 어떠한 삶을 살았는지 몰랐다. 학대 받은 고양이인 줄로만 알 뿐 그가 얼마나 많은 고양이들을 물리쳤는지에 대해서는 알지 못했다.
그렇게 인간들은 그를 보호했고, 그만큼 그는 편안한 삶을 누리게 되었다.

"내 가족이 벌써 열 손가락을 넘겼어. 새끼들도 먹을 걱정 없이 잘만 자라고 있지. 내 과거 얘기를 들려주면 아주 먼 얘기인 양 흘려들어 버릴 정도거든.
유일하게 걱정인 건 인간들이 새끼들만 좋아한다는 거야. 뭐라도 하나 더 가져다주려고 하는 걸 보면 좋기는 한데 몇몇 나쁜 인간들이 새끼들을 데려가는 경우가 있어. 그래도 주택가의 애완고양이를 생각하면 애완동물의 삶도 나쁘진 않을 거야."

그는 이 공원만큼 따뜻한 곳은 없다고 했다. 더 이상 가족을 잃지 않아도 되는 곳에서 자신은 충분히 행복하다고 말했다.

"인간은 다른 동물들과 달라. 그들은 이미 저 높은 곳에 위치하고 있는 거야. 저들과 나는 경쟁할 이유가 전혀 없어. 그저 고개 한 번만 숙이면 잠자리와 먹을 것이 나오는데 이처럼 좋은 곳이 또 어디에 있겠어?"

누군가에게는 목숨보다도 소중한 것이 다른 누군가에게는 목숨을 지키기 위해 버려야 하는 것일 수도 있다. 나는 고양이가 발톱을 숨기는 것을 비겁하다고 욕했지만 그는 그것을 포기함으로써 자신의 가족을 지킬 수 있었다.

북극곰과 코끼리도 그러한 것일까? 그렇다면 나도 다 포기하고 이렇게 사는 것에 만족해야 하는 것일까?

잠이 드는 와중에도 많은 것이 내 눈 앞을 지나갔다. 나는 날개도 발톱도 쓸 수 없다. 저들은 나름의 이유로 그것을 포기했다. 합당한 이유였다.

더 나은 것도 부족한 것도 없었다.

그들의 선택일 뿐.

그러나 내게는 선택할 기회조차 주어지지 않았다.

내게도 그런 기회가 올 날이 있기는 할까?

6

오랜만에 바다가 나를 찾아왔다. 바다는 지쳐 보이는 얼굴로 내게 다가왔다.

학원이라는 곳은 학교보다도 더 힘든 곳이라고 말하는 그의 표정은 더 이상 행복해 보이지 않았다. 그는 대학교라는 곳에 가기 위해 힘들게 공부를 해야 한다는 사실에 불행해했다. 심지어 밤 10시가 지난 뒤에 그의 부모가 차로 데리러 와서 다른 곳에 갈 수도 없다고 불평했다.

"히포, 난 너처럼 살고 싶어. 한평생 아무것도 안 하고 산다면 얼마나 행복할까?"

"나는 아무것도 안 하고 살고 싶어서 이렇게 사는 게 아니야. 나도 너처럼 살 수 있다면 정말 행복할 거야."

"공원에서 보는 풍경만 보기 때문에 그렇게 생각하는 거야. 공원 밖은 무척이나 바쁘고 힘든 곳이야. 말로는 전하기 힘들 만큼. 하긴 직접 보지도 못하는 네가 뭘 알겠어."

"나처럼 산다면 넌 하루도 버티지 못할걸? 단 한 발짝도 움직이지 못한 채로 멍하니 앞만 봐야 한다는 게 얼마나 슬픈 일인 줄 알아?"

"매일 매일 주어진 일을 하는 것도 벅찬데 움직이지 않으면 좋지 뭐. 너야 쓸모없이 자리만 차지하니까 움직이고 싶겠지만 나 같은 사람은 가만히 앉아 쉬고 싶다고."

"넌 언제나 너만 힘들다고 하지. 그렇게 투정 부리는 건 안 힘드니?"

누구나 자신이 더 불행하다고 생각하는 법이다.
그리고 그것을 알기에는 우리 둘 다 너무나 어렸다.
그날따라 우리는 각자가 처한 상황에 특히 힘들어하고 있었다.
우리의 대화는 평행선을 그렸고 농담으로 넘겼을 말은 상처가 되어 돌아왔다.

그는 나에게 '쓸모없는 조각상'이라고 불렀고 나는 그를 '복에 겨워 허우적거리는 머저리'라고 불렀다.
대화는 단절되었고 우리는 다시는 보지 말자는 말과 함께 헤어졌다.

그는 이곳에 다시는 오지 않았다.

'그 녀석이 오지 않으니까 조용하고 좋네 뭐. 쓸데없는 소리만 하는 녀석이 없으니까 정말 편해.'

바다가 생각나지 않았다면 거짓말이겠지만 여행자 비둘기와 대장고양이와 대화하는 것으로도 충분하다고 생각했다.

하지만 다섯 번의 겨울이 지나고 나서야 바다를 생각하지 않게 되었다.
사실 완전히 잊지는 못했다.
다만 그와의 기억들을 통증 없이 떠올리는 것에 익숙해졌을 뿐이었다.

몇 번의 여행을 겪은 여행자는 먼 거리를 여행하는 것에 더욱 능숙해져 갔다.
더 빠르게 날게 되었고 더 멀리 날아가는 방법을 알아갔다.

그렇게 몇 해 뒤에 여행자 비둘기는 드디어 산을 효과적으로 넘어서는 길을 발견하게 되었다.
산 주위를 그렇게 맴돌고 나서야 마침내 올바른 길을 찾아낸 것이다.

"히포, 이건 완벽해. 어떠한 실수도 없다고. 이번에야말로 나는 저 바다를 보고 오겠어."

여행자는 날개를 가다듬으며 내게 말했다.

그는 몇 번이나 그 길을 왕복하며 익숙해지려고 노력했고 마지막이 될지도 모를 여행을 떠날 준비를 마쳤다.

"히포, 이번에는 정말로 긴 여정이 될 거야. 어쩌면 다칠 수도 있고 심하면 죽을 수도 있겠지. 나는 너를 두고 떠나고는 싶진 않지만 이 여행은 내 삶의 목표야. 얼마나 긴 시간이 지날지 모르겠지만 꼭 돌아올게."

여행자는 그 말을 끝으로 바다를 향해 떠났다.
그의 빈자리를 인정하기란 쉬운 일이 아니었다. 바다를 잊는 것만큼이나 힘든 일이었다.
공원은 갈수록 지루해져만 갔다.

대장고양이는 너무 나이를 많이 먹어서 움직이는 것조차 힘들어하기 시작했다. 그만큼 나도 혼자 있는 시간이 늘어났다.
내게 남은 건 바다, 여행자 그리고 대장고양이가 남기고 간 이야기들뿐이었다.
추억은 금방 잊혀진다고 다들 말했지만 내게는 그것 말고는 남은 것이 없기에 잊을 수가 없었다.

대장고양이는 툴툴거리면서도 나를 자주 찾아왔다. 그는 내가 '여행자'의 이야기를 하거나 내가 본 것에 대해 얘기할 때 옆에 엎드려 고개를 끄덕이며 들어주었다.
가끔 내가 실수로 '바다'의 이야기를 꺼내고 어쩔 줄 몰라 하면 못 들은 척 넘어가 주기도 하였다.

몇 해의 시간이 지났을 때 더 이상 젊은 고양이들은 대장고양이의 말을 이해하지 못했다. 젊은 고양이들은 대장고양이가 들려주는 사냥이나 골목에서의 전투를 그저 과장된 이야기라고만 생각했다.
발톱을 세울 수 있었던 다른 고양이들은 이미 죽었거나 공원을 떠난 지 오래였다. 더 이상 공원 너머의 삶에 대해 궁금해 하는 이는 남아 있지 않았다.

그는 이 공원에 남은 유일한 진짜 고양이였다. 다른 고양이들은 발톱을 세울 수도 없었고 무언가를 사냥할 수도 없었다. 대장고양이는 이런 평화도 나쁘지 않다며 웃었지만 좋은 일만은 아니라고 나는 생각했다.

해가 지날수록 대장고양이는 기력을 잃어갔다. 털은 볼품없어지기 시작했고 눈앞은 침침해졌다. 사람들은 더 이상 늙은 고양이를 좋아하지 않았다. 그는 공원의 중앙을 떠나 구석진 내 자리 근처에서 잠을 자게 되었다. 그는 점점 쇠약해져 갔다. 그럴수록 그는 어릴 적 이야기나 과거의 모험담을 몇 번이고 반복하며 행복했던 시절을 곱씹었다.

그렇게 또 시간이 흘러갔다.

겨울이 찾아오고 공원에서 나뭇잎 하나 찾아보기 힘들어졌을 때 추위 속에서 대장고양이는 숨을 거두었다. 그의 가족들 중 누구도 찾아오지 않았다. 말 많고 걱정만 많은 늙은이가 죽었을 뿐이었다.

더 이상 발톱의 소중함을 아는 이는 남아 있지 않았다. 이제 공원에 남은 동물들은 날지 못하는 비둘기와 발톱을 세우지 못하는 고양이들뿐이었다.

그래도 인간들은 여전히 이 공원에 찾아왔고 동물들에게 먹이 주는 것을 좋아했다. 그들은 여전히 행복했다. 그렇게 또 시간이 흘러갔다.

나는 대장고양이가 죽은 이후로 많은 시간을 자려고 노력했다.
봄이 와서 피어나는 꽃들을 볼 때만 웃을 수 있었다.
이제 내게 재미있는 것은 더 이상 남아 있지 않았다.

시간이 또 흘러갔다.
나는 인간들의 대화에만 집중했지 그들의 머리가 희어지는 것은 보려고 하지 않았다.

시간이 많이 지났다는 것을 알게 된 것은 어느 여름, 하늘에 구멍이라도 뚫린 듯 비가 쏟아지던 날이었다.

비가 내리면서 내 앞에는 새롭게 물웅덩이가 생겨났고 굉장히 오랜만에 물에 비친 내 모습을 보게 되었다. 날카로웠던 부리는 어느새 뭉툭해져 부리가 아닌 것처럼 되어 있었고 황록색으로 빛나던 내 몸은 먼지와 비바람에 부식되어 있었다.

움직여 본 적도, 사용해 본 적도 없는 몸인데 소멸되는 것은 다른 동물들과 똑같았다.
흐르는 빗물이 내 몸을 타고 흘러내려 갔다.

'내 감정들도 빗물처럼 흘러가면 좋을 텐데.'

무료한 일상이 그렇게 지나갔다.

간간이 인간들의 대화만 오고 갈 뿐 전체적으로 조용했던 공원이 어느 날 갑자기 시끄러워지기 시작했다.
평소에 공원에 오는 사람들의 옷차림이 아닌 똑같은 옷을 입은 이들이 자주 왔다.

그들은 '재개발'이라는 단어를 자주 입에 올렸다. 좋지 못한 기분이 들었다. 그들이 왔다 간 뒤로 점점 공원을 찾는 사람들이 줄어들기 시작했다.
무슨 일인지는 자세히 알 수 없으나 불길한 일이 일어날 거라는 예감이 들었다.

며칠 뒤 검정 옷을 입은 남자 둘과 여자 한 명이 공원을 방문했다. 그들은 공원에 자주 오던 사람들과는 다르게 한 손에는 서류 뭉치를 다른 한 손에는 펜을 들고 있었다. 그들은 수시로 서류 뭉치를 뒤적거리며 펜으로 줄을 쳤다 지웠다를 반복했다.

"이 호수는 살려야 하지 않겠어? 호수를 좀 더 키워서 호수공원을 만들고 상가를 받으면 돈 좀 되겠는데?"

"호수 이 조그마한 걸 그렇게 키우려면 돈이 꽤나 들 텐데요. 그냥 메우고 운동시설 만드는 게 더 낫지 않을까요? 여기에 상가가 들어와 봤자 얼마나 들어온다고요?"

"흠… 일단 이 공원에서 필요 없는 것부터 치우고 시작합시다. 여기엔 왜 이렇게 동물들이 많은지 모르겠네. 나는 동물들은 딱 질색이라서."

인간들은 아무래도 이곳을 바꿔 버릴 생각인 것 같았다. 그 순간 나는 비 오던 날 물에 비친 내 모습을 떠올렸다.
'필요 없는 것'에 나도 포함될 것 같다는 예감이 들었다.

그들은 공원을 걸어오며 다른 조각상들을 보면서도 무엇인가 중얼거리며 펜으로 종이에 적고 있었다. 마침내 그들이 내 앞에 멈춰 섰다.

"이 공원 관리인은 뭐하는 사람인지 모르겠어. 조각상들이 다 부식이 너무 심하네. 이래서는 싹 다 처분하는 수밖에 없겠어."

"무엇보다 이 조각상은 구석에 있어서 그런지 더 심해 보이네요. 새 모양이긴 한데 부리도 부서졌고 날개도 많이 손상 돼서 원재료 값도 안 나오겠는데요?"

"내가 늘 말했지만 동물들이 더 문제라고 생각합니다. 관리인에게 따져야 할 것이 한두 가지가 아니군요."

그들의 불평 속에는 내 얘기도 들어 있었다. 처분이라, 나는 어떻게 되는 걸까.

그들이 떠나고 불안함에 시달렸지만 내가 할 수 있는 일은 아무것도 없었다. 나는 공원을 쭉 훑어보았다. 비둘기와 고양이들은 여전히 아무것도 모른 채 빈둥거리고 있었다.

'저들은 어떻게 될까?'

그들은 제법 성미 급한 사람들이었다.
그들이 왔다 간 지 얼마 되지 않아 공원을 빙 둘러싸고 높은 철책이 둘러쳐지기 시작했다. 그렇게 철책이 세워진 뒤 노란 안전모를 쓰고 공원 안에 들어온 인간들이 동물들을 내쫓기 시작했다. 그들 중 그 누구도 저항할 수 없었다.

비둘기들은 날지도 못한 채 사람들을 피해 뒤뚱뒤뚱 도망다닐 뿐이었고 고양이들은 바삐 다리를 움직여 달아나고 있었다.
인간들은 그런 동물들을 철책 바깥으로 몰아내어 철책 너머 구석 언저리에 그들을 내버려 두었다. 그러나 동물들 중 누구도 그곳에서 움직이지 못했다.

그들은 이미 공원 안의 삶에 익숙해져 버렸다. 먹이를 잡는 법도 도망치는 법도 잊어버렸기 때문에 그들은 공원 밖의 삶에 대한 두려움으로 움직이지 못하게 된 것이다.

'저 동물들 중 과연 몇이나 살아남을 수 있을까?'

동물들을 몰아낸 뒤 잠시 햇빛을 피해 휴식을 취하던 인간들은 이번에는 조각상들을 모으기 시작했다. 나는 작은 조각상이었으므로 꽤나 빠른 순서로 그들에 의해 옮겨졌다.
내 미래가 어떻게 될 것인지에 대해서는 잘 몰랐지만 당장은 기분이 좋았다. 이 공원 바깥으로 나가 본 적이 단 한 번도 없었기 때문이다.

인간들은 나를 트럭이라는 것에 실었다. 나는 트럭 위의 상자들 옆에 줄로 묶였다. 나를 실은 이들이 다른 조각상들을 가지러 간 사이 주위를 둘러볼 수 있었다. 넓은 시야 속으로 공원의 풍경이 한눈에 보였다. 새로운 경험이었다.
고정된 시야에서 벗어났다는 것만으로도 행복했다.

멀어진 공원 풍경과 함께 푸른 물결들을 가까이에서 볼 수 있었다. 언젠가 여행자 비둘기가 말했던 강이라는 것이었다.

푸른 물결은 길쭉한 모양새로 느릿느릿 흘러가고 있었다.
그 물결을 둘러싸고 모래가 쌓여 있었고 비둘기가 물어다 줬던 것과 비슷한 조약돌들이 군데군데 보였다.
강 위에서 새들이 헤엄 치듯 날고 있었고 그들이 움직일 때마다 물방울이 햇빛에 반사되어 빛나고 있었다.
이것이 내가 마지막으로 볼 수 있는 풍경이어서 다행이라고 생각했다.
공원 안에서 언제까지고 움직이지 못한 채 아무 의미 없이 시간을 보내는 것보다야 마지막이라 할지라도 새로운 경험을 하고 싶었기 때문이었다.

곧이어 쓸모없는 조각상들을 실은 트럭이 움직이기 시작했다. 강을 따라 이동하는 트럭 위에서 나는 강이 흘러가는 모습을 볼 수 있었다.
트럭 위에서 단 한 발짝도 움직이지 못하는 처지였지만 움직이는 트럭 덕분에 걸어 다니는 다른 동물들의 시선으로 주위를 둘러볼 수 있었다.

강은 끝없이 이어졌다. 새들은 자유롭게 날아다니고 이름 모를 곤충들과 동물들이 강 주위에서 끊임없이 움직이고 있었다. 공원에서의 무기력한 이들의 모습과는 달리 생동감이 넘쳤다.

'나도 저렇게 되고 싶었는데, 내게도 저런 기회가 왔다면 언제라도 잡았을 텐데.'

나는 트럭을 타고 이동하며 여행자가 도착했을 바다에 대해 생각했다.

'그는 바다 위를 날며 무슨 생각을 했을까?'

나도 바다 위를 날고 싶다는 생각을 했다. 여행자가 여행했을 모든 공간에 직접 가보고 싶었다.

'이런 트럭을 탈 수만 있었다면 내가 직접 움직이지는 못하더라도 더 많은 것을 보고 기억할 수 있었을 텐데.'

너무나 아쉬운 일이었다.

7

해가 서쪽 너머에 걸릴 즈음에야 트럭은 넓은 공터에 도착했다.

그곳에는 무수히 많은 쓸모없어진 것들이 모여 있었다.

인간들은 이 장소를 '쓰레기장'이라고 불렀다.

그들은 트럭에 실린 조각상들을 난폭하게 다뤘다.

그들이 던진 조각상들은 부서지기도 하고 금이 가기도 했다.

내 차례가 되었을 때도 마찬가지였다. 그들은 나를 조각상들이 버려진 곳에 던졌다.
땅에 부딪힌 내 몸에서 무엇인가 떨어져 나가는 소리가 들렸다. 아픔을 느끼지는 못했지만 내 몸 어딘가가 금이 갔거나 혹은 부서졌다는 것을 확실히 알 수 있었다.
그들은 모든 조각상들을 처분한 뒤에 뒤도 돌아보지 않고 그곳을 빠져나갔다. 시간이 지날수록 몸이 차가워지기 시작했고 서늘한 바람이 몸을 관통했다. 내 몸 어딘가에 구멍이 뚫린 것 같았다.

'이곳 풍경에 익숙해지기까지는 얼마나 걸릴까. 익숙해지고 난 뒤에 공원에서처럼 떠날 기회가 주어지긴 할까?'

그렇게 생각하니 차라리 완전히 부서져 없어지는 편이 더 낫겠다는 생각이 들었다.

그때 헤드라이트 불빛이 쓰레기장을 환하게 비추기 시작했다. 트럭이 다시 돌아왔나 싶었지만 부르릉 소리와 함께 쓰레기장의 문을 지나 처음 보는 자동차가 그 자리에 멈춰 섰다.
덜컹 하는 소리에 이어 한 사내가 차에서 내렸다. 희끗해진 머리를 매만지는 그의 얼굴에 동그란 안경이 걸쳐져 있었다.

그는 휴대폰 불빛에 의지하며 쓰레기장 곳곳을 열심히 뒤지기 시작했다.
그렇게 한참을 헤매던 그는 점점 안쪽으로 들어왔고 마침내 조각상들이 버려져 있는 곳, 내가 버려져 있는 곳으로 가까이 다가왔다.
그는 휴대폰 불빛에 비친 내 모습을 발견하고는 한참을 멍하니 내려다보고 있었다. 그는 입술을 달싹이며 무슨 말을 꺼내려고 했으나 몇 번을 망설이다 마침내 말했다.

"히포, 내 말 들려?"

믿을 수 없었지만 바다였다.

그는 많은 것이 달라져 있었다.
흰 머리가 드문드문 보였고 쓰지 않던 안경을 쓰고 있었으며 눈가에는 주름이 져 있었다.

"잘 들려."

"맙소사. 나는 오늘에서야 그 공원이 재개발 될 거라는 얘기를 들었어. 미안해, 히포."

그는 이제야 나를 찾아온 것을 미안해 했지만 나는 이런 내 모습을 보이는 것이 부끄러웠다.
그는 어느새 듬직한 어른이 되어 나를 찾아왔는데 나는 쓸모없는 것이 되어 버려져 있다.

'나를 보면서 그는 어떤 생각을 할까. 아직도 나를 친구라고 생각할까?'

나를 내려다보던 그가 문득 무언가를 떠올린 듯 주위를 살피더니 아무도 없다는 것을 확인하고는 털썩 내 앞에 앉았다.
그는 너무 늦게 온 것을 미안해 했다.
그는 내 곁에 앉아서 그동안 자신이 어떻게 살아왔는지에 대해 얘기했다.

바다는 히포를 떠난 뒤 몇 번이나 공원으로 돌아오고 싶었다.
그러나 그때 마침 정부에서 시골과 도시의 균형 발전을 위해 시골 학교 학생에게 입학 기회를 주는 입시 전형을 발표했다.
그의 부모는 바다의 미래를 위해 더 나은 대학에 진학시키기를 원했고 그는 시골로 전학을 가게 되었다.

그는 자신의 의지와 상관없이 전학한 학교에서 좋은 성적을 거두어 유명 대학교에 입학을 했다.

대학에 입학한 뒤 공원에 돌아오고 싶었지만 3년의 공백은 그가 돌아가는 것을 방해했다. 그는 뭐라고 핑계를 대야 할지 알지 못했다.
즐겁게 인사하고 헤어졌다면 아무렇지 않게 돌아와 미안하다고 했겠지만 이미 히포에게 심한 말을 한 뒤였다.

'무슨 말을 해야 할까? 내가 돌아간다면 히포는 날 반겨줄까?'

그는 그 상황에서 바로 돌아가기보다는 도망치는 것을 택했다.
때마침 떠오른 예전의 약속이 그에게 면죄부를 주었다.

‘히포가 움직일 방법을 찾아내면 되는 거야. 얼마 걸리지 않을 거라고.’

히포에게 날 거나 움직이는 방법을 찾아주겠다던 약속을 되뇌며 그는 중얼거렸다.
스스로에게 변명을 하고 있다는 생각도 그를 막을 수 없었다.
히포를 움직일 방법을 찾은 뒤에 정정당당하게 돌아가겠다는 마음을 가진 채로 대학을 다녔지만 이 세상 어디에도 조각상을 움직이게 할 수 있는 기술은 존재하지 않았다.

그러나 그는 유년 시절을 함께 했던 친구와의 약속을 저버릴 수는 없었다.
그에게 남은 마지막 변명이었기 때문이었다.

동력 장치를 달아 볼까도 생각했지만 조각상을 건드리는 것은 매우 위험한 일이었다.
히포가 어떠한 방식으로 자신과 얘기하는지도 모르고 어떤 부위가 가장 중요한지도 몰랐다.
그는 조각상에 손도 대지 않으면서 조각상을 움직이는 방법을 찾아야 했다.

그때 그는 우연히 찾아간 병원에서 전신마비로 누워 있는 환자들을 보게 되었다. 그들은 히포와 닮아 있었다.
일정한 범위 안의 공간에서만 보고 들을 수 있었다.
바다는 그들을 보며 연구의 방향을 새로 정했다.
그는 자신과 마음이 맞는 이들을 모아 전신마비로 누워 있는 환자들을 돕는 기계를 개발하기 시작했다.

날마다 많은 병원들을 돌아다녔고 환자들의 허락을 받아 그들의 생활을 지켜보았다.
관찰 결과들을 기록했고 돌아와서는 그들의 상황에 맞도록 기계를 계속해서 수정해 나갔다.
무수히 많은 날들이 지났고 지쳐서 떠난 이들도 있었지만 연구는 계속되었다.
끝내 나름의 성과를 거두었다.
전신을 움직이는 것은 불가능했지만 신체의 일부를 움직이는 것에 성공하게 된 것이다.

그는 부자가 되었다. 그가 가진 기술을 원하는 이가 많았고 후원자들도 계속해서 늘어났다.
하지만 그것은 그가 원하던 것이 아니었다.

'이 기술은 사람에게만 적용이 가능한 거야. 히포는 사람들이랑 구조가 아예 달라.'

어떻게 해야 히포를 움직이게 할 수 있을까?

그는 어쩔 수 없이 연구 방향을 바꿔 말하는 조각상들을 수소문하기에 이르렀다.
그러나 그런 조각상은 세상에 존재하지 않았다.
샘플도 없는 상황에서 기술을 발전시킨다는 것은 너무나도 힘든 일이었다.

그는 결혼도 하지 않은 채 일에 매달렸지만 매번 실패했다.
사람들은 그가 조각상 히포와 얘기할 수 있다는 것을 몰랐으므로 그가 몰두하는 연구를 기이하게 생각했다.

친구들은 그가 독특한 방향으로만 연구한다고 생각했을 뿐 그를 말리지는 않았다. 만약 성공만 한다면 그가 만든 기술들이 충분히 경쟁력이 있기 때문이었다.

중년의 나이에 접어들고 나서야 그는 히포를 대상으로 직접 실험해 보지 않고서는 기술을 완성시킬 수 없다는 것을 인정하게 되었다.

그는 잠시 휴가를 낸 뒤 예전에 살았던 동네로 돌아왔다. 히포가 자신을 잊었을지도 모른다는 불안감이 그의 목을 조르고 있었다.
그는 이곳에 와서야 너무나 많은 길을 돌아왔다는 것을 알게 되었다.

'한번이라도 사과를 하러 찾아왔다면 이렇게 일에 매달릴 필요도 없었을 텐데.'

그는 사과의 말을 여러 개 준비한 뒤 공원을 향해 차를 움직였다. 공원 근처에 이르러 차를 세운 뒤 한참 동안 나가지 못하고 머뭇거렸다.
계속해서 머릿속에 떠오르는 말들을 고치고 속으로 말해보고 다시 고치고 반복한 뒤에야 차에서 나와 공원으로 향하는 길을 걸었다. 그가 도착한 공원에는 전에 없던 철책이 높게 둘러져 있었다.
그 주위로 갈 곳을 잃은 비둘기들과 고양이들이 울며 맴돌고 있었고 철책 사이로 공사 트럭들이 바쁘게 드나들고 있었다.

공원은 새롭게 단장되고 있었다.

공간은 더 넓어지고 물을 빼낸 공원 호수는 바닥을 드러내고 있었다. 조감도에 따르면 호수의 넓이가 이전의 2배가량으로 넓어질 것이라고 적혀 있었고 새로운 운동시설들도 들어설 예정이었다.

그는 당황스러운 마음을 숨기지 못한 채 공사를 담당하는 관리인을 찾아갔다.

"여기에 있던 것들이요? 글쎄, 나무야 다 다른 데로 옮겨졌겠지만 조각상은 쓰레기장으로 갔을걸요."

"쓰레기장이요? 그것들을 다 버린다는 말씀입니까?"

"여기가 지어진 지 40년이 넘었어요. 이미 다 낡을 대로 낡은 것들인데 그것들을 어디다 쓰겠어요?"

"30년이 넘었군요. 벌써 30년이나 지나 버렸어요…."

그는 양손으로 자신의 얼굴을 감싸 쥐었다. 눈가에 만져지는 주름만큼이나 그의 목소리도 처져 있었다.
그는 목소리를 가다듬으며 애써 평온한 목소리로 물어보았다.

"그 쓰레기장은 어디에 가면 있습니까?"

"저 강 건너편 공장부지 쪽인데 무슨 볼 일이라도 있습니까?"

계속해서 물어보자 관리인의 눈이 의심스럽다는 듯 바뀌어갔다. 그는 재빨리 대답했다.

“아니요. 그냥 이 공원에 자주 들렀는데 많은 것이 바뀌었길래 궁금해서 여쭤봤습니다. 말씀 감사합니다.”

그는 의심쩍은 눈초리의 관리인을 뒤로 한 채 몸을 돌렸다. 그의 머릿속에는 온통 히포에 대한 생각밖에 없었다. 그는 부들부들 떨리는 손을 애써 감싸 쥐며 차에 올라탔다.

‘조금만 더 빨리 왔어야 했어. 싸웠던 날 바로 사과해야 했는데. 최소한 대학에 입학했을 때라도 몰래 찾아와 볼걸.’

☆

저녁 해가 강을 붉은 색으로 물들이고 있었다. 그는 히포가 무사하길 바라며 황급히 쓰레기장으로 차를 몰았다.

그가 도착했을 때는 이미 해가 져서 사방에 어둠이 내려앉았다. 그는 불안한 마음을 애써 진정시키며 휴대폰 불빛에 의지해 쓰레기장 구석구석을 찾아보았다. 안테나가 부러진 텔레비전이나 팔 한쪽이 떨어져 나간 조각상을 볼 때마다 불안한 마음은 커져만 갔다. 부서진 조각상들을 뒤로 하며 걷던 그는 몸통에 큰 흠이 난 독수리 조각상을 보고 입을 틀어막았다.

‘아닐 거야, 이 세상에 독수리 조각상은 많으니까.’

그러나 그 조각상에 조그맣게 적혀 있는 ‘히포’라는 글씨를 봤을 때 숨이 막히는 듯했다.
모든 것이 그의 잘못인 것만 같았다.

“히포, 내 말 들려?”

8

털썩 주저앉은 바다의 눈가에 눈물이 그렁거렸다. 오랜만에 만난 친구는 지친 얼굴로 내 몸을 만지며 차오르는 눈물을 삼키고 있었다.

“이제 와서야 널 다시 만나게 되었어. 너와 싸웠던 날 무슨 핑계를 대서라도 다시 돌아와야만 했어. 어떻게든 떳떳해져서 돌아오고 싶었는데, 잘 안되더라고.”

"그래도 나를 잊지는 않았네. 나는 네가 다시 돌아올 거라고는 생각도 못했어."

바다를 만나자 공원에서의 행복했던 시절로 되돌아온 기분이었다.

'친구를 다시 만난다는 것이 이런 기분이구나.'

그와 다퉜던 일은 잘 생각나지도 않았고 행복했던 기억만 떠올랐다.

차에 옮겨져 그의 집으로 가는 내내 우리는 함께 보냈던 시절에 대해 끊임없이 대화를 나눴다.

집에 도착한 뒤 거울을 통해 처음으로 내 모습을 자세히 볼 수 있었다. 부리는 어디론가 떨어져 나갔고 몸통 한가운데 큼지막한 금이 갈라져 있었다.

'완전히 부서졌다면 나는 어떻게 되었을까?'

바다는 내 몸을 수리해 보려고 애를 썼다. 그러나 내 몸을 구성하던 것과 똑같은 재질을 썼음에도 공허한 기분은 사라지지 않았다. 계속해서 더 추워졌다. 실내 온도를 올려도 달라지는 것은 없었다. 바다의 슬픈 눈을 뒤로 한 채 잠을 자는 시간이 늘어났다.

그는 그런 나를 보며 안타까워했다.

"내가 조금만 더 일찍 왔어도 그런 일은 없었을 텐데."

그가 후회하지 않도록 말을 돌리는 것은 제법 힘든 일이었다. 오래 전 약속에 대해 언급하고 나서야 그는 화제를 돌려 나를 움직일 여러 방법들에 대해 설명해 주었다.

바다의 연구실로 옮겨진 나는 많은 관심을 받았다. 괴짜 연구로만 생각했던 것을 실현시키려는 그의 행동을 보며 다들 놀라워했지만 바다는 크게 신경 쓰지 않았다.

연구실을 옮겨 다니면서 나는 그의 친구들을 만날 수 있었다. 그들과 얘기를 나누지는 못하지만 그들이 나누는 대화만으로도 어떤 사람들인지 충분히 알 수 있었다.

그들은 좋은 사람들이었다.

다 낡아빠진 조각상에 기계장치를 붙여 움직이는 연구를 하는데도 제지하거나 방해를 하지 않았다. 오히려 괴짜라고 놀리면서도 기꺼이 도와주려고 노력했다.

그의 노력에도 불구하고 내가 움직이는 기적은 일어나지 않았다. 바다는 그런 상황을 답답해 했지만 안 되는 일이 갑자기 될 리가 없었다.

"바다야, 솔직히 이런 건 의미가 없는 것 같아."

"하지만 조금만 더 노력하면 네가 진짜 새처럼 날 수도 있을 거야. 조금만 더 기다려 줘."

바다는 그렇게 말했다. 하지만 내 몸에 갈라진 금은 점점 범위를 넓혀가고 있었고 공허감은 커져만 갔다. 더 이상의 기다림은 의미가 없다는 예감이 들었다.

결국 나는 바다에게 내게 남은 시간이 별로 없다는 것을 말해야 했다.

"미안하지만 시간이 그리 많지 않은 것 같아."

나는 그 말과 함께 바다에 데려다 줄 수 있느냐고 물었다.
진짜 바다를 보고 싶었다.
바다는 조용히 나를 바라본 뒤 내일이라도 데려다 주겠노라고 약속했다.

다음날 해가 뜨기도 전에 우리는 연구실을 나섰다.

'여행자는 바다에 도착했을까?'

내 머릿속에 남아 있는 오랜 궁금증을 해결하기 위해 나는 여행자 비둘기가 갔던 방식대로 바다에 가고 싶었다. 그가 겪었을 어려움과 기쁨을 공유하고 싶었다.

우리는 먼저 공원에 들렀다. 다시 돌아온 공원은 많은 것이 변해 있었다. 높은 철책 주위로 수많은 사람들과 차량들이 돌아다니고 있었다.
그러나 동물들의 자리는 없었다.

철책 바깥 구석진 곳에 비둘기들이 한데 모여 죽어가고 있었다. 그들은 자신들 머리 위에 있는 작은 나무에도 제대로 날아서 올라가지 못했다. 날개를 퍼덕거리긴 했지만 의미 없는 몸부림일 뿐 뒤뚱거리는 몸으로 나는 것은 불가능했다.

그 근처로 고양이들이 어슬렁거렸다. 깔끔했던 털은 더럽게 변해 있었고 통통했던 몸은 비쩍 곯아 있었다.
인간의 관심에서 멀어진 그들에게 남아 있는 것이라곤 무기력한 울음소리뿐이었다.

공원에서의 광경을 보고 우울해진 나는 바다에게 출발하자고 말했다.

공원을 뒤로하고 우리는 큰길을 따라 쭉 나아갔다. 강을 따라 한참을 달리자 큰 산이 나타났다. 여행자 비둘기가 한참을 헤매며 올라가던 그 산이었다. 인간들의 도로는 산을 따라 굽이굽이 이어져 있었다. 산에는 공원과는 비교도 되지 않을 만큼 나무들이 많았다.

이름 모를 새들이 노래를 부르고 나무들은 바람에 몸을 맡긴 채 흔들거렸다. 그러한 풍경이 끝을 모른 채 이어지고 있었다. 차에 앉아 편하게 가는데도 산의 높이가 나를 압도했다.
산의 장엄한 풍경과 높이를 보며 가다 보니 여행자가 겪었을 고초가 떠올라 마음 한구석이 먹먹해졌다.

산의 정상을 지나 내려오면서 긴 숲을 지났다. 숲이 끝나는 지점에 왔을 때 나는 여행자가 끝없이 자신의 목표를 노래했던 이유를 비로소 이해했다.
아직 바다에 이르지도 못했는데 바다는 자신의 거대한 몸을 보여주고 있었다.
정말로 끝이 보이지 않았다.
공원을 몇 백 개 집어넣어도 티조차 나지 않을 거대한 풍경에 압도된 채 한참을 이동하자 바다와 육지의 경계인 모래밭이 나타났다.

"이곳이 우리 회사 직원들이 머무는 별장이야. 나는 이번에 처음 와보긴 하지만 다들 좋다고 해서 와봤어. 다른 어느 곳보다 이곳 자연이 아름답다고 하더라고."

바닷가 언덕에 바다 쪽을 향해 지어진 별장에서 바라보는 풍경은 정말 아름다웠다.
바다는 너무 오래 차를 몰았다며 쉬러 들어갔고 나는 모래밭에 앉아 한없이 바다를 바라보고 있었다.

그때 비둘기 한 마리가 내 옆에 내려앉았다.
푸른 날개를 가진 그는 세 가닥의 붉은 머리 깃을 흔들거리며 혼자 중얼거렸다.

"어? 이 조각상은 한 번도 본 적이 없는 건데?"

"네 말이 맞아. 나는 이곳이 처음이야. 너는 이곳에 사는 비둘기니?"

"으악! 조각상이 말을 하네!"

그는 단 한 번도 말하는 조각상을 본 적이 없다며 호들갑을 떨었다. 그는 자신이 태어난 지 얼마 안 된 비둘기지만 누구보다 잘 날 수 있다고 했다.
내가 그에게 이곳에 사냐고 물어보자

"저는 이 근처에 살고 있어요." 라고 대답한 뒤,

"와! 예전에 여행자 할아버지가 말하는 조각상을 안다고 했을 때 거짓말쟁이 취급 했었는데 진짜로 있었을 줄이야." 라고 작게 중얼거렸다.

"나 말고도 말하는 조각상에 대해 들어본 적이 있니?"

"네. 여행자 할아버지는 이곳 출신이 아니거든요. 저 높은 산을 넘어서 오셨다고 하는데 이곳에 와서 날개를 다치는 바람에 정착했다고 들었어요.
둥지 안에 있었을 때 엄마가 할아버지의 여행담을 자주 이야기해 주셨는데 특히 공원에서 만난 조각상에 대한 이야기가 재미있었어요."

내 애기였다. 갑자기 가슴이 뛰었다. 여행자의 소식에 흥분한 내가 물었다.

"내가 바로 그 조각상이란다. 그는 지금 어디에 있니?"

어린 비둘기는 이야기의 주인공이 나라는 것에 잠시 당황했지만 이내 표정을 가다듬고 내 질문에 대답했다.

"다친 상처가 덧나서 돌아가셨대요. 엄마 말로는 할아버지가 다시 공원에 가고 싶어 하셨대요. 날개를 다치는 바람에 다시는 돌아갈 수 없었거든요."

어린 비둘기는 자신이 여행자 할아버지의 이야기를 듣고 자랐으므로 좀 더 먼 거리를 날게 되면 저 산을 넘어 할아버지가 말했던 공원에 가보려 했다고 말했다.
나는 어린 비둘기에게 내가 보았던 산의 풍경과 내가 지켜보아 왔던 공원에 대해 이야기해 주었다.

그는 여행자 할아버지가 살던 공원이 바뀌고 있다는 것을 아쉬워했지만 산을 넘어 다른 곳에 가보겠다는 꿈을 포기하지는 않았다.

그는 여행자 비둘기를 닮았다.
어떤 어려움이 닥친다 해도 올바른 길을 찾아 자신이 원하는 것을 이루어낼 것이라는 느낌이 들었다.

나는 그에게 산을 넘어 가기 전까지 이곳에 와줄 수 있냐고 물었다.

할아버지보다 재밌는 얘기를 들려주겠다고 하자 그는 산을 넘어가기 전까지 자주 찾아오겠다고 약속했다.

다음날 바다가 일어났을 때 나는 이곳에 남겠다고 말했다.

"이곳의 풍경이 나는 마음에 들어. 연구실은 시끄럽고 너무나 복잡한 곳이야. 나는 이곳에서 마지막을 정리하고 싶어."

바다는 몹시 아쉬워했지만 내 의견을 받아들였다. 그가 떠나기 전까지 우리는 지난날의 추억을 얘기했다. 바다 자신도 미처 기억하지 못하는 어린 시절부터 우리가 함께한 청소년 시절까지 많은 일들을 이야기하면 할수록 더 많은 것이 떠올랐다. 사소한 것 하나하나도 추억이 되었다.
우리가 싸우던 대목에 이르러서야 대화가 끝을 맺었다.

"정말 사소한 일이었는데, 그땐 뭐가 그렇게 억울하다고 그런 말을 했을까?"

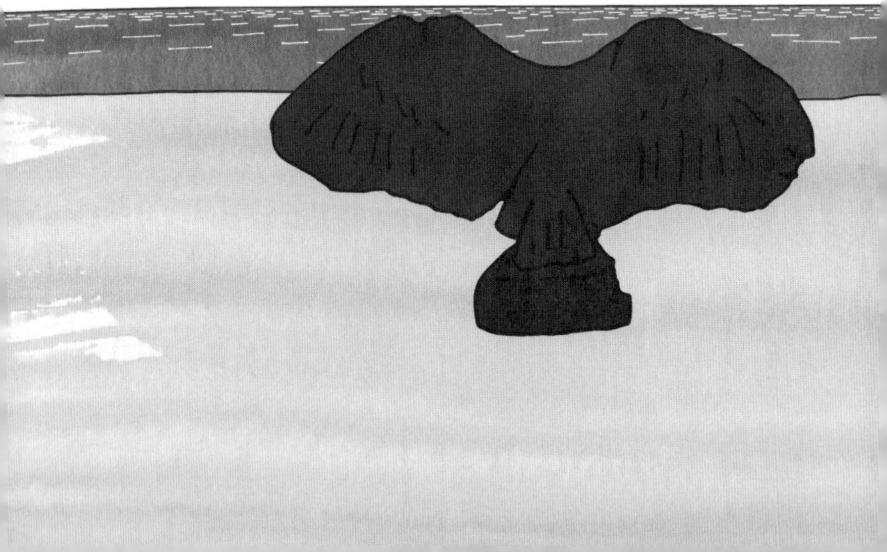

"그렇게 받아들일 문제가 아니었는데, 내가 먼저 사과를 했어야 했나 봐."

우리는 서로 마주보며 웃었다. 별것도 아닌 것 때문에 너무나 많은 시간을 돌아왔다. 돌이켜보면 우스운 일이었다.

☆

다음날 오랫동안 말없이 바다만 바라보던 바다는 시간이 날 때마다 자주 찾아오겠다는 약속과 함께 별장을 떠났다.

얼마 뒤 여행자 비둘기의 손자도 산을 향해 날아갔다. 그는 돌아오는 날 가장 멋진 이름을 지어 돌아오겠다고 했다. 그는 당당하게 날개를 펴고 산을 향해 날아갔다.

그렇게 나는 다시 혼자가 되었다.

'바다가 보고 싶다' 라니 갑자기 웃음이 나왔다.
바다에 와서야 내가 정말로 보고 싶어 한 것은 '바다'라는 것을 깨달았다.

돌이켜보면 나는 운이 좋았다.
날 위해서 귀찮아하지 않고 사전을 일일이 찾아봐 주던 친구가 있었다.
여행을 떠나고 돌아오던 날 꼭 선물을 가지고 오는 친구도 있었다.
그리고 혼자 남은 날 걱정해 굳이 곁에 와 있던 나이 든 친구도 있었다.

나는 단 한 발짝도 움직이지 못했지만 그들 덕분에 남들보다 더 많은 것을 볼 수 있었고, 성장하지 못했지만 성장할 수 있었다.
발톱이나 날개는 나에게 더 이상 중요하지 않았다.

'그래. 이 정도면 됐어.'

히포는 흡족한 미소를 지었다.

그리고는 조각상에서 빠져나와 날개를 펼치고 푸른 하늘로 훨훨 날아올랐다.